AF136644

RUPTURE PREMATUREE
Par Malou Estenne

© 2021, Malou Estenne
Édition : BoD – Books on Demand,
12/14 rond-point des Champs-Élysées, 75008 Paris
Impression : BoD - Books on Demand,
Norderstedt, Allemagne
ISBN: 9782322402243
Dépôt légal : Novembre 2021

MIXTE
Papier issu de sources responsables
Paper from responsible sources
FSC® C105338

Chapitre 1 : La naissance

Leur deuxième fille est née, au bord de la mort. Au bout de sept mois de grossesse, la lumière l'a touchée prématurément. On dit que la naissance est une petite mort pour évoquer ce que vit l'enfant quand il sort du ventre de sa mère. Cette naissance inattendue a failli être fatale.

La voiture roule sur les pavés rebondissants de la rue qui mènent aux urgences. Le jour où Myriam dépose Mathilde à l'hôpital. Au milieu de l'été. La douleur ricoche dans le ventre de la femme enceinte à chaque pavé dépassé. Sans inquiétude, Myriam se présente à l'entrée des urgences après avoir garé la voiture. Il y a trois jours, le couple a eu le bonheur d'entendre le coeur de la petite créature battre avec vitalité. Le gynécologue qui suivait la grossesse de Mathilde a affirmé que tout allait parfaitement.

Pourtant, ce matin, Mathilde se réveille avec des douleurs abdominales

insistantes. S'agit-il de contractions ?
Normalement, les contractions
annoncent le début du travail
d'accouchement. Cela ne peut pas être
le cas, il s'agit du septième mois de
grossesse. Et puis, Myriam se rappelle
que lors de sa grossesse, elle calculait la
fréquence à laquelle revenait les
contractions pour savoir s'il s'agissait
du travail. Or, Mathilde sent son ventre
dur en permanence. Une épine continue,
persistante. Depuis quatre heures du
matin jusqu'à neuf heures. Mathilde tait
sa douleur et son inquiétude. Jusqu'à ce
que ce soit intenable. Le SAMU répond
à leur appel. Selon eux, pas de souci à se
faire. Le plus probable serait qu'il s'agit
de simples problèmes intestinaux. Une
indigestion passagère !
Le temps passe. La douleur reste.
Mathilde immobile sur le lit. Elle
demande de l'aide pour aller aux
urgences. A onze heures, Myriam la
laisse aux urgences obstétriques.

Le ventre de la jeune maman reste tendu en permanence. La sage-femme qui l'accueille n'hésite pas une seconde en lui tâtant le ventre. Le temps est compté. « Tout va se passer très vite maintenant ! » déclare la sage-femme. Après avoir garé la voiture sur le parking, Myriam monte aux urgences retrouver sa compagne, de qui elle n'a pas eu de nouvelle. Elle ne répond pas au téléphone. Impossible même de savoir où la rejoindre. Aucun message. Au fur et mesure que les marches la rapprochent de la maternité, l'anxiété augmente.

A la vue de la première blouse blanche croisée, Myriam demande où trouver son amie. Sans trop de précipitation, cette personne se tourne vers son bureau pour chercher. Puis, après un coup de fil nonchalant, elle prend conscience de l'urgence et décide de l'accompagner jusqu'au chemin du secrétariat des salles d'accouchement.

Myriam ne reconnait pas cet endroit où elle-même avait accouché deux ans auparavant. Ce méandre de couloirs ne lui inspire que désordre et désarroi. En entrant dans une étroite chambre, elle retrouve Mathilde, allongée sur le côté sur un brancard, les larmes aux yeux.

« On va m'emmener tout de suite pour une césarienne pour sortir le bébé… » annonce Mathilde, en s'étouffant dans un sanglot.

Juste avant d'entrer dans la pièce, Myriam a entendu une infirmière dire au téléphone :

« Bloc opératoire en urgences pour une césarienne ».

Cela est-il réel ? L'équipe médicale doit se tromper de personne. Tout va bien. Enfin, tout allait au mieux juste avant d'aller mal.

Et tout le personnel autour est en alerte. Est-elle arrivée trop tard ? Comme si son arrivée avait une influence sur la réalité. Elle ne comprend rien. Elle débarque comme un intrus encombrant. Ses pieds, cloués au sol, font un pas en arrière. Le brancard sorti subitement la pousse contre le mur. Elle est abasourdie. Aucun mot sensé ne sort de sa bouche. Elle n'arrive même pas à formuler :

« Que se passe-t-il ? Je ne comprends pas ! ».

Un regard s'échange entre elle et Mathilde tandis que le brancard s'éloigne à toute allure vers le bloc. Un regard inoubliable. Le même regard qui a noué leurs existences, fondé leur amour. Ce regard silencieux qui ponctue les vies.

Brusquement, Myriam prend son destin en main en saisissant celle de sa compagne. Elle veut lui donner du courage et la rassurer en affirmant : « Tout ira bien ! ».

La main de Mathilde s'échappe déjà, emportée vers le bloc. Un corps abasourdi reste âprement repoussé derrière une double porte battante, à l'abandon de l'autre côté du fameux bloc.

Des minutes éternelles s'écoulent avant qu'une infirmière vienne chercher Myriam.

" Elle vous réclame auprès d'elle " annonce-t-elle, en la prenant par la main. Le lien entre ces deux personnes n'avait pas semblé évident aux yeux de l'équipe médicale. L'infirmière montre du doigt un vestiaire pour se changer. Blouse, sur-chaussures, masque et bonnet dans le but de passer l'autre côté.

Deux autres femmes sont dans le vestiaire. Elles s'habillent à la hâte

avant d'entrer dans la salle d'opération.
Comme dans les films, la panique se fait
sentir plus que tout. Une question de vie
ou de mort amène la précipitation et la
précision dans chaque geste.

L'autre côté, l'inconnu terrifiant. L'une
de ces deux femmes demande :

« Vous êtes sûre que ça va aller si vous
entrez ? »

Question supposant le pire. Myriam se
questionne elle-même. Est-ce
supportable de voir le ventre béant de la
personne qu'on aime ? Faire
éventuellement face à la mort d'un bébé
attendu depuis bien plus que 7 mois ?

Méticuleusement, Myriam s'habille de courage. Cet accoutrement d'urgentiste lui sert d'armure contre les émotions. Elle entre dans la salle d'opération. Elle voit, d'abord, le ventre à nu, strié d'une longue incision en largeur, de laquelle coule abondamment du sang.

Une voix lui parvient de l'autre bout de la pièce. Un homme assis sur un tabouret en hauteur l'appelle. Il lui ordonne de venir jusqu'à lui, en longeant le mur sur le côté, le plus loin possible du corps sur le brancard. Le fond de la pièce est bardé d'appareils qui clignotent et bipent en même temps. Ce monsieur est l'infirmier-anesthésiste. Il se trouve juste au-dessus de la tête de Mathilde. Il indique un autre tabouret sur lequel s'asseoir. Myriam obéit. Elle se place à droite du visage de Mathilde. L'infirmier, au-dessus des cheveux, se penche vers Mathilde. Puis, il se tourne vers son équipe. Il effectue successivement ces mouvements de regard, entrant en contact avec l'un et l'autre. Un rideau fixé avec des pinces se lève du thorax de la personne opérée jusqu'à 50 cm plus haut, de telle sorte que depuis leur position, rien ne puisse se voir de l'opération en cours un peu plus bas.

Mathilde demande à sa conjointe de lui prendre la main. Malgré le bruit environnant, un silence sourd résonne. La tragédie est mise en scène théâtralement.

La main est gelée. Les bras en croix. Mathilde sent un fort désagrément remontant par l'oesophage. La nausée comme une vague de marée montante. Où s'arrêtera le fil blanc de son écume ? Malgré ce malaise constant, son visage semble placide. Pratiquement normal. Sa tête pivote de gauche à droite comme un élément indépendant du reste du corps. Sa bouche s'entrouvre pour parler calmement. Ses mots ne parviennent pas à être compris.

Un mouvement subit la tire vers le bas.
Elle dit juste :

« Aïe »

« Vous ne l'avez pas entendu ? »
Silence.

« Elle a poussé un petit cri. »

« Mais qui ? »

« Votre bébé est parti en réanimation. »

« Quand pourrons-nous savoir si elle
vit ? »

Cette secousse a-t-elle donné lieu à une naissance ? Les médecins avaient tiré le bébé de leurs mains hors du ventre. L'anesthésiste sort et revient pour annoncer que l'enfant respire.

Soupir de soulagement. Les deux jeunes mamans aussi respirent et se sentent vivantes. Enveloppées dans une bulle. Un rayon de lumière égaye leurs yeux. Myriam se met en tête d'être rassurante en faisant des blagues. Mathilde sourit, avec un regard innocent.

En arrière-plan, une pompe envoie dans un bocal des litres de sang épais, par vagues continues. Les médecins répètent d'injecter plus de médicaments. L'infirmier s'exécute. Il entre, par intervalle, dans le champ de vision de Mathilde, à l'envers. Il susurre, à travers son masque, quels effets qu'elle allait ressentir. Blême, Mathilde déclare voir des lumières blanches.

« Vous faites des chutes de tension,
c'est normal » répond-il calmement.
Le personnel médical s'affaire toujours
autour de son corps inerte. Ils ont l'air
de plus en plus affolés. Son corps se
secoue, bousculé par un massage qu'ils
lui font.

2 infirmiers

2 chirurgiens

2 gynécologues

2 anesthésistes

2 sages-femmes

Le temps s'écoule dramatiquement,
accompagné de vagues de sang. Le sang
coule. Son regard se noie, peu à peu,
dans la peur. Le ressac laisse place à une
lame de fond menant au naufrage.
Sa lèvre inférieure se met à trembler.
Sans qu'elle ne puisse l'arrêter.
« Tu as peur ? » Lui demande Myriam.
« Oui. » Répond-elle.
Quelle force porte les vagues à se briser
assidûment contre les falaises de la
terre ? Les battements réguliers du coeur

propulsent le sang avec autant de fougue.
La vie s'enfuit par son débordement
absurde.

La mort est fidèle à sa réputation glaciale. Le visage de Mathilde devient blafard, ses doigts transis de froid. Myriam les garde au creux de ses mains, avec le désir ardent de les réchauffer. L'amour crépite, alors que la petite flamme qui les relie, chancèle. La vie s'éteint, discrètement.

Les médecins se concertent entre eux pour trouver un moyen de la faire sortir. On lui intime d'aller voir sa fille, maintenant.

Myriam se réjouit de cette proposition. Elle sait que Mathilde approuve son départ. Naïvement, elle se précipite dans cette habile diversion de l'équipe médicale. Une dernière image se plante dans sa tête en sortant : la couleur des lèvres de Mathilde passant du rouge au blanc.

Et l'infirmière, comme toutes les autres, dans la panique, montre avec précipitation le même vestiaire pour que Myriam entame le chemin inverse.

" Faut-il que je me change à chaque fois que j'entre et sors ?" Interroge-t-elle.

" Oui. Vous ne reviendrez pas."

" Pardon ? ... Dans ce cas, je préfère revenir au bloc. Je n'ai pas eu le temps de dire au revoir à ma compagne."

" Impossible, désolée."

Juste quelques secondes avant, elle lui avait soufflé :

« A tout de suite ! ».

Elle aurait préféré être à ses côtés. Elle a peur de rencontrer ce tout petit être vivant qui est sorti dramatiquement des entrailles de sa conjointe.

Sa compagne ne l'accompagne plus que dans les pensées désormais. Elle regrette d'être sortie si facilement. Si elle avait réalisé la ruse dont elle avait été victime, elle se serait accrochée à ses mains frissonnantes. Ce n'est que dans le vestiaire qu'elle s'est sentie trompée. Les savants en blouse blanche avaient atteint leur objectif : l'éloigner.

Peu importe. Le bébé l'attend. L'unique chose qui la rassure est de savoir que son amoureuse est heureuse de savoir qu'elle va connaître enfin leur progéniture. Un bébé devenu subitement inespéré, miracle de la vie.

Myriam repasse dans sa tête le déroulé des événements en marchant dans le long couloir vers la maternité. Entre l'arrivée aux urgences et l'opération, 30 minutes avaient suffi. La sage-femme a posé le monitoring, s'est alarmée en constatant que les battements du cœur du bébé se ralentissaient dangereusement, a appelé une gynécologue, qui a donné le feu vert pour une opération *in medias res.* Ce qui a confirmé dès l'incision que le placenta s'était décollé. Les médecins, aux premières loges, ont reçu dès ce moment le placenta à la dérive, entièrement détaché. Puis, on a emmené ensuite le bébé au plus vite en réanimation.

Quel âge a-t-on quand on naît deux mois avant sa naissance ? La petite fille avait moins deux mois (- 2). Une crevette. Mais sa vivacité l'a portée au premier souffle ex utero. La brutalité de la situation n'a pas semblé la décourager. Cet accident n'a pas eu raison de sa force vitale. La digne fille de sa mère. S'il est une chose dont Mathilde a toujours fait preuve avec élan, c'était sa *force vitale* comme avait énoncé un psychologue en consultation. Même si les embûches ont toujours été présentes dans sa vie, elle a toujours fait preuve de courage et de dynamisme. Sa famille ne lui ressemblait pas du tout. Elle était la joie de vivre incarnée. Rien ne pouvait l'ébranler. Sauf donner la vie à son tour. L'accouchement est une petite mort pour l'enfant, le passage *in utero* à *ex utero*. La petite chose d'1,7 kg, plus frêle qu'une poupée de cristal, l'a surmonté. Quand l'anesthésiste était revenue dire que la petite était en vie, elle a ajouté : « Elle fait montre d'une vigueur inégalable ! »

Dans plus de la majeure partie des cas, un décollement du placenta équivaut à la rupture du canal vital pour le bébé. Quand la mère arrive à l'hôpital pour ce genre de cas, les médecins s'occupent d'extraire le bébé mort et de tenter de stopper l'hémorragie interne de la maman.

« Hémorragie »

Voilà le terme tragique que personne n'a prononcé pendant toute l'opération. Les pensées de Myriam tournent en boucle dans sa tête. Comment aurait-elle pu ouvrir les yeux sur la réalité s'ils n'employaient pas les mots qui font peur ? Ceux qui terrorisent ?
Ils disaient juste : « Elle saigne ».
Oui, mais saigner, elle, ça lui arrive tous les jours, à force de se ronger les ongles, et aucun danger de mort n'en découle.

Myriam arrive au bout du couloir qu'on lui a indiqué, en sens inverse. Au secrétariat des salles d'accouchement, une jeune femme assise, sans doute la même qu'une demi-heure auparavant, prend le téléphone pour savoir où se trouve le bébé.

« Ah. C'est confirmé. Le bébé vient de partir à l'instant pour l'hôpital du Mans. A priori tout va bien. »

« Comment ça ? On vient de me dire qu'elle était là. »

« Quel dommage que vous l'ayez manquée de quelques secondes. »

« … »

On lui indique alors la porte de sortie du service. Une nouvelle personne la conduit jusqu'à la chambre de maternité réservée à cette mère sans bébé et peut-être sans vie. Quand soudainement une voix l'interpelle du bout du couloir.

« Myriam ! »

La mère de Mathilde se rue sur elle. Myriam lui avait laissé un message vocal dramatique quelques minutes auparavant. Elle précisait que sa fille allait subir une césarienne. Vu l'état de panique de la maman, il était clair qu'elle savait ou préconisait le pire. Un sixième sens doit habiter les mères quand il s'agit de leur enfant.

Myriam se glace, songeant qu'elle n'a aucune idée de ce qu'il se passe réellement au bloc opératoire. Juste lui avait été dit que l'accident vasculaire qui avait provoqué la césarienne était un hématome retro-placentaire.

Voir sa belle-mère dans cet état d'affolement lui suggère de garder son sang-froid. Dans l'ignorance la plus complète de la situation, elle choisit de s'attacher sans faille à rassurer.

Le plus flegmatiquement possible, elle lui affirme, droit dans les yeux, que le pire est passé et que tout va bien maintenant. Le bébé est sain et sauf contre toute attente. Et sa fille souriait la dernière fois qu'elle l'avait vue sur la table d'opération. Sans vouloir trop s'avancer sur le pronostic, elle déclare uniquement qu'elle se trouve en ce moment même, entre les meilleures mains qui soient pour s'occuper de son cas.

La belle-mère commence peu à peu à se calmer, les frissons qui agitent son corps entier ne font que rappeler les dernières images que Myriam a de sa fille. Comme elle manifeste moins d'émotions, Myriam commence à cogiter inlassablement. Ses doigts crispés tapotent sur le téléphone à la recherche d'une explication pour ce qui est en train de se passer.

Il n'y a pas de cause identifiée par la médecine à ce genre d'accident. Myriam se sent comme une imbécile en découvrant le lexique médical sur Internet.

« Accident vasculaire. »

En arrivant sur un site médical suisse, elle constate ce qu'elle craint. Cette

impression qu'on lui cache des choses,
se confirme.

« Le pronostic vital était en jeu. »

Tout ce que son inconscient a enregistré sans l'identifier, corrobore avec sa lecture. Hémorragie ("elle saigne"), césarienne ("il faut opérer au plus vite"), Injections de médicaments dans la perfusion pour que l'utérus se contracte ("l'utérus est mou").

« Ce problème met en jeu très gravement la vie de la mère et du fœtus car responsable d'une hémorragie massive. »

À cette lecture, Myriam comprend que les derniers mots qu'elle lui a adressés étaient ridicules. Avec sa tendance à tout vouloir tourner à la blague, elle avait tenté de la faire rire pour repousser le flegme du morbide. Et maintenant, seule dans la chambre de la maternité, loin d'elle, elle se sent dérisoire.

Elle voudrait courir dans le couloir en sens inverse pour la retrouver et serrer sa main gelée jusqu'au dernier soupir. Au lieu de cela, Myriam vacille, s'appuie contre le mur, et s'effondre.

Les vannes s'ouvrent sur une peine torrentielle.

Une idée lui parvient : presser le bouton pour appeler à l'aide. Une lumière rouge clignote de la porte de la chambre.

Ses pensées tournent en boucle les derniers souvenirs. Son regard, perçant entre les paupières plissées.

Inévitablement, la mort occupe tout. Le regret remonte. Lui dire qu'elle l'aime, qu'elle l'a aimée et qu'elle l'aime toujours.

L'être s'écroule. La peur se transforme en colère. Un vertige inopiné exhibe son nez impudent. Un vide creuse un sillon permanent.

Chapitre 2 : La version médicale

A partir du petit matin, la patiente est arrivée avec une douleur abdominale brutale en coup de poignard siégeant au niveau de l'utérus et irradiant en arrière. La douleur est permanente.

L'utérus est hypercontractile (contraction utérine : sans relâchement). "Ventre de bois" précise l'infirmière qui accueille la jeune femme enceinte et qui recherche immédiatement un retentissement foetal (enregistrement du rythme cardiaque foetal). L'évaluation se fait par le monitorage du rythme cardiaque foetal. Dans la plupart des cas, la mort foetale s'est déjà produite et on ne retrouve pas de bruit du coeur du bébé.

Néanmoins, dans ce cas, le rythme cardiaque foetal était encore là, avec des signes de souffrance, représenté par un tracé non-réactif, aplati avec surtout apparition de décélération du rythme cardiaque foetal et une hypercontractilité utérine, soit une hypertonie sans relâchement entre les contractions.

Diagnostic à l'échographie : hématome rétro-placentaire. Cette anomalie est le décollement prématuré d'un placenta normalement inséré. Il résulte d'une désinsertion accidentelle de tout ou d'une partie du placenta avant l'accouchement avec formation d'un hématome plus ou moins volumineux. Ce décollement a entraîné la constitution d'une hémorragie qui ne s'est pas extériorisée. Elle s'est épanchée entre le placenta et l'utérus. Cette zone de décollement empêche les échanges vasculaires entre la mère et le foetus et est responsable de la souffrance et du décès foetal. Ce caillot est aussi responsable du passage dans la circulation maternelle de thromboplastines déciduales et de facteurs de coagulation activés qui sont responsables de la coagulation intravasculaire disséminée (CIVD).

L'hématome rétro-placentaire complique moins de 1 % des grossesses, 0,25 à 0,5 % selon les séries. Dans près de la moitié des cas, il survient chez des patientes présentant une hypertension artérielle ou une pré-éclampsie qui est à l'origine d'un infarctus placentaire localisé avec saignement en regard de celui-ci. La pré-éclampsie apparaît après la 20e semaine de grossesse et se caractérise par une élévation de la pression artérielle (l'hypertension) et un taux élevé de protéines dans les urines (une protéinurie). Toutefois, ici, aucun signe d'hypertension ne s'est montré chez la maman. Il faut donc écarter cette hypothèse.

Docteur Simone, gynécologue, en charge de l'opération, explique, après coup : "Coup de tonnerre dans un ciel bleu. Nous ne connaissons pas les causes de cet accident."

La mortalité périnatale est assez importante. Le bébé qui n'est plus en relation avec le placenta meurt dans 95 % des cas. Parce que la prise en charge médicale survient toujours trop tard. Docteur Simone ajoute que cela s'est joué à la minute. La vélocité de l'intervention de l'équipe médicale a été décisive dans la survie de l'enfant.

La prise en charge s'est imposé avec une réanimation avec remplissage vasculaire de macro-molécules et de transfusions, correction des troubles de la coagulation sanguine, évacuation de l'utérus.

Comme l'enfant était vivant avec signe de souffrance, une césarienne a été pratiquée.

Après l'accouchement par césarienne, la réanimation maternelle doit se poursuivre jusqu'à la normalisation des troubles de la coagulation et de la fonction rénale. La mortalité maternelle est liée aux troubles de la coagulation. La mortalité maternelle est estimée entre 1 et 3 %.

Après la césarienne, la patiente présente une hémorragie du Post-partum (HPP). Celle-ci survient toujours dans les deux premières heures qui suivent l'accouchement, mais le risque existe pendant 24 heures. Il concerne aujourd'hui 6 % des accouchements.

La cause est l'atonie utérine. L'équipe médicale a donc exploré à la main l'utérus pour retirer des restes de placenta. Il est associé à une perfusion d'ocytocine pour favoriser la rétractation de l'utérus. La grande majorité des hémorragies s'arrête là, en règle générale. Malgré tout, l'hémorragie a persisté, l'équipe médicale a eu recours à un médicament plus puissant, les prostaglandines, administrées en perfusion, qui favorisent la rétraction de l'utérus. Comme l'état de la patiente ne s'améliorait pas, Docteur Simone a pratiqué un geste chirurgical en réalisant des ligatures (des nœuds) sur les artères de l'utérus. L'hémorragie, étant conséquente et rapide, une ultime issue pour sauver la vie de la maman a été envisagée : la pratique de l'hystérectomie (ablation de l'utérus). " Nous avons tout essayé avant d'en arriver à pratiquer cet acte rarissime" déclare-t-elle après l'opération.

" Donc, elle est en vie ?

Donc elle va bien ?

Donc vous avez soigné l'hémorragie ? "

Questionne Myriam auprès de l'infirmière.

Cela fait des heures que Myriam est torturée par un silence rythmé aux battements de son coeur, à l'hôpital.

Quatre heures que le temps s'étire et l'oblige à longer l'interminable couloir du désespoir.

"Je veux la voir tout de suite !"

"Impossible. Elle est en réanimation."

Par conséquent, elle ne peut voir personne. Ni sa fille, ni sa femme. Chaque membre de la famille est emmuré tour à tour. Une impuissance inacceptable s'élève.

"Rentrez chez vous."

Chapitre 3 : la prématurité

L'infirmière accueille le couple dans le service de néonatologie, elle commente aux jeunes mamans, qu'elles s'apprêtent à démarrer un long parcours, parsemé de "jours soleil" et de "jours "pluie". Les hauts et les bas sont le lot de ce marathon.

Myriam sent les émotions se bloquer à l'intérieur de son enveloppe corporelle, comme un réflexe de survie pour ne pas s'effondrer.

" Le cyborg a pris les rênes " pense-t-elle.

Son visage ne laisse rien transparaître. Son robot intérieur, elle le connaît bien. C'est lui qui a dirigé sa vie étant petite. La petite fille bien adaptée qui ne disait rien et qui était bien sage. Qui allait à tâtons dans l'inconnu de nouveaux endroits, qui voyait de nouvelles têtes, des environnements changeants au gré des placements de l'ASE. A la surface, le regard automate, et au fond d'elle, le coeur en lambeaux.

Cette stratégie ressort de ce qu'elle pense être le plus approprié. Concrètement, il faut s'occuper de l'aînée, continuer à travailler, gérer la vie quotidienne, la maison, le chien, rendre visite quotidiennement à la nouvelle-née, à une heure de route d'ici. Transpirer le calme dans les premiers contacts en peau à peau, plutôt que la peur panique de la briser au premier câlin. Parce que cet enfant, d'un kilo et demi, présente une fragilité excessive. Recroquevillée dans une couveuse, d'une maigreur jamais vue, les yeux toujours fermés et bardée de tubes en tous sens.

Myriam aurait préféré que le monde s'arrête de tourner, son désarroi au paroxysme.

Un jour, elle explique à ses amis :

« Je suis sous le choc. Je ne savais pas qu'en France à l'heure actuelle, avec les progrès de la médecine, il était possible de risquer sa vie en la donnant."

Les copines qu'elle retrouve quelques semaines après la naissance, échangent un regard compris et avec complaisance, lui répondent que si. Elles lui font même sentir qu'elle était bien naïve de croire le contraire. Évidemment que c'est risqué d'accoucher. Tout le monde le sait, voyons!

À cet instant, Myriam croit qu'elle va les gifler. Comment peuvent-elles trouver sa confiance ouvertement imbécile après cette expérience ?

C'est comme banaliser le fait que son bébé et sa compagne ont pu mourir. Puisqu'elles la considèrent comme une ingénue, elle poursuit dans ce rôle en leur demandant si elles aussi ont frôlé la mort lors de leurs accouchements respectifs.

" Pas du tout ! " Répondent-elles, tour à tour. Néanmoins, cette idée, de risquer leurs vies les ont occupées.

Pourquoi ne se montrent-elles pas compréhensives plutôt que de la faire sentir imbécile. Qui pense sincèrement qu'elle va mourir quand elle est enceinte ? À part ces deux prétentieuses, elle jurerait que personne ne le pense.

À ce type de réaction s'ensuivaient les : « Félicitations ! »

Deux mois avant le terme espéré, le jeune couple envoie les messages signalant que " bébé est arrivé à l'improviste et que Maman a failli y rester ". La réponse "Félicitations" leur semble, à chacune, particulièrement inappropriée.

En vérité, cela confirme la sensation, chez Myriam, que personne ne peut comprendre. Sans compter que l'équipe médicale de la néonatologie de l'hôpital est d'une médiocrité sans pareil. C'est en menant une rapide enquête auprès de professionnels de la santé, que leur parvient le constat suivant : il existe plusieurs catégories pour les hôpitaux en France. Une sorte de classement qui échelonne les plus compétents, généralement dans des grandes villes, assortis de recherche et de formations universitaires et les plus mauvais, sortes de dispensaires, dans les petites villes.

Mathilde et Myriam habitent dans une petite ville.

Au petit matin, quand l'un des médecins leur annonce que leur fille est malade, elle a un virus très grave, elles s'effondrent plus encore. Les nuits qui suivent cette annonce décolorent jusqu'à devenir blanches.

Les cernes qui se creusent sous leurs yeux humides ne sont que le sillon d'une fissure qui restera longtemps.

Une semaine plus tard, un autre médecin arrive dans le service. Il affirme contrairement au premier, qu'en réalité, le bébé n'est pas malade. Sans plus d'explications, ni même prononcer le terme "erreur du labo".

Le couple se retrouve bouche bée, dans l'incompréhension la plus complète. Impossible pour elles de déterminer s'il s'agit d'une erreur, à quel moment, à quel niveau, jusqu'à ce qu'une infirmière leur confesse que le laboratoire avait transmis de mauvaises données. Aucune excuse ne semble s'ébaucher de la part de l'équipe médicale. Lorsqu'elles croisent à nouveau le premier médecin qui leur avait donné cette terrible nouvelle, son comportement fait montre d'un mépris sans pareil.

" Restez calme et taisez-vous. "

Dans l'unité de néonatologie, ce qu'elles traversent, est, pour eux, d'une normalité accoutumée. Ils déclarent même que leur bébé est gros. De quoi vont-elles se plaindre alors ?

Pourtant, pour elles, cet épisode de leur vie bouleversera tout.

Une année et demie dramatique s'ensuit. La chambre d'hôpital de leur enfant lève le rideau sur un spectacle qui leur est insupportable. Pendant un long mois, elles doivent assister à la douleur quotidienne que subit leur nourrisson. Prélèvements sanguins, injections intra-veineuses, la présence d'une sonde gastrique, que les professionnels appellent le tube de gavage, enfoncé dans l'oesophage et que la petite arrache de ses propres mains dès que possible. L'installation de cathéter, voies centrales, nettoyage des plaies, l'injection intra-musculaire de liquides douloureux lors des vaccins.

Cette accumulation de circonstances amène les jeunes mamans à vivre sur le qui-vive constamment.

Pour Myriam, méfiante, il lui semble impératif de surveiller ce que les médecins font. Les nuits aux côtés de la petite créature, elle ne s'autorise pas à fermer l'oeil. Sa détresse contamine l'espace restreint qui lui sert de chambre. Les bruits qu'elle fait traduisent un malaise. Le bip permanent des appareils. L'obsession de Myriam pour les lettres lumineuses de sa saturation en oxygène. Chaque amplitude de son rythme cardiaque faisant moduler ses palpitations. La main qui se lève et retombe inerte quand on replace pour la énième fois sa sonde gastrique. Les gémissements. À bout ! Au bout de l'impuissance que génère cette douleur inacceptable.

Vivre, au jour le jour, est pour elle, l'unique possibilité de tenir. Néanmoins, plane sans relâche le doute sur l'issue heureuse de cette aventure. Serrer les dents. Rester verticale tant qu'elle le peut. Et expérimenter l'oblique dès qu'elle s'autorise à desserrer un peu l'étau. L'alcool, la fuite. Fermer les yeux sur ce qui est trop dur.

Mathilde, quant à elle, n'arrive même pas à entrevoir la souffrance stridente qu'elle traverse. Les brusques modifications hormonales post-natales, les médications violentes lors de l'opération, le risque de mortalité du bébé et de la maman, ce frôlement de la mort. Puis, après l'accouchement, enfin ce mot lui est difficile à dire, il y a la fragilité émotionnelle, le stress omniprésent, tirer son lait continuellement, jour et nuit se confondant, dans le désarroi obscur. Mettre en place l'allaitement sous la pression, soit elle boit de ton sein, soit elle continue à souffrir de ton absence. Remplacer coûte que coûte ce qu'elle a la sensation de lui avoir retiré : une grossesse jusqu'à terme. Une naissance normale. Combler le manque que la prématurité impose. Privée de l'étreinte d'une mère qui a failli succomber à la mort. Sous une couveuse, derrière une

vitre transparente qui absout le lien
filiation.

Et Myriam, absente. Tue. Aphasique. Le
soutien qu'elle doit à sa compagne, dans
cette période post-partum et qui permet
la reconstruction, est un désert
silencieux. Un an durant. Un an sans
sommeil.

Chapitre 4 : Le couple

La vie de Myriam se ponctue des rendez-vous chez la psychanalyste qu'elle voit une fois par semaine depuis la naissance.

" L'arrivée d'un bébé, contrairement à ce que l'on croit, n'est pas systématiquement le bonheur que l'on attend. C'est un déséquilibre. Une remise en question du couple." Lui déclare-t-elle avec sérennité.

Beaucoup d'émotions surviennent subitement, les tensions entre elle et Mathilde aussi. Cette période charnière dans leur histoire commune marque le début d'un éloignement. Car Myriam prend la fuite. Elle se réfugie dans son travail mais aussi dans l'alcool. En face, Mathilde tire la sonnette d'alarme. Une déréliction qui passe invisible.

Dans le couple, chacune réagit différemment à l'événement. Elles organisent individuellement leur système de défense. L'une sait extérioriser ses sentiments tandis que l'autre garde tout en elle, refoulé.

Myriam se jette à corps perdu dans son supposé travail, pour contrôler, oublier ce qui pose problème.

Devant un danger, le mammifère choisit soit de fuir, soit de se figer, soit de combattre. Myriam choisit le premier, alors que Mathilde opte pour le dernier. Incompréhension mutuelle, manque de communication honnête, sont les rançons de leur dérive. L'incertitude s'installe, le stress, l'épuisement, l'impatience, les rancoeurs, les ressentiments, forment le terreau de leur séparation.

Mathilde se retourne vers sa propre mère, pour prendre le relais. L'amour inconditionnel que lui porte sa mère est, au moins, une réponse satisfaisante. Souvent, lorsque les parents ne se sentent plus sur la même longueur d'onde, ces derniers doivent faire en sorte de trouver un réseau de remplacement.

Que Myriam préfère disparaître du décor, momentanément, s'avère définitif pour leur couple. Un fossé trop profond se creuse entre elles. Leur couple démarre dès lors, une déroute infaillible.

Chapitre 5 : l'infidélité

"Je n'ai rien, car je ne l'ai pas lui."[1]
Myriam pleure en allant à l'école, alors
même qu'elle tient la main de sa fille
aînée. Elle ne s'en rend pas compte. Le
froid les glace. Les larmes qui viennent
se perdre dans son écharpe sont
rythmées par un reniflement habituel en
hiver. Elle pleure quand elle
accompagne sa deuxième fille à la
crèche. La route goudronnée est son seul
horizon, tête baissée. Elle pleure quand
elle pense à elle, tout le temps, et elle
pleure en songeant à chaque chose qui
s'approche d'elle. C'est à peine
perceptible. Quelques gouttes au bord
des cils. Les minutes passent. Une fine
humidité gèle sur les joues rougies.
Mathilde l'a abandonnée, elle aussi.
C'est irrationnel et pourtant, elle ne peut
réfréner cet aveu.

---

[1] Frida Kahlo par Frida Kahlo :
Lettres 1922-1954 de Frida Kahlo

Myriam se sent trahie, meurtrie, à bout de forces. Tout s'écroule autour d'elle. Rien ne peut l'aider à se relever. Elle rencontre à nouveau la mère de Mathilde, comme à chaque fois dans ces moments tragiques. Son visage se décompose. Dans la rue. Devant la supérette où elle court acheter des mouchoirs. Pour étancher cette marée montante. Cette tempête, cet ouragan dont les bourrasques frappent répétitivement à la fenêtre de ses yeux. Accablée, le dos courbé plus que jamais. Son regard s'arrête sur le rayon interdit et tant convoité. La honte la retient d'acheter une bouteille à huit heures du matin. Cependant, une saveur dans la bouche lui indique déjà qu'elle viendra bientôt la rejoindre, pour la laisser glisser dans les entrailles.

"Je buvais pour noyer ma peine, mais cette garce a appris à nager."[2]

---

[2] Frida Kahlo

Hier soir, elle n'a pas dormi. Aucun médicament n'est venu consoler son malheur, ni l'alcool, ni les anxiolytiques. Une corde du nom de sa fille aînée lui ligotait les deux mains, impossible de se jeter par la fenêtre. Autrement, la plaquette et la bouteille seraient restées toutes deux, gisant sur le sol, au petit matin. Après une nuit d'insomnie.

La jalousie est destructrice. Elle occupe les pensées de Myriam, inconsciemment, depuis toujours, dans ses relations amoureuses. La jalousie qui précède l'infidélité, celle qui relève de la peur. La crainte immanente de perdre, de perdre l'autre. Cette émotion bien qu'elle fasse partie du lot de chaque attachement, est maladive chez elle. Ce poison révèle qu'elle tient à l'autre, aussi bien qu'il lui dicte qu'elle ne vaut pas la peine d'être aimée, qu'elle n'est pas à la hauteur de l'amour qu'on veut lui octroyer.

Myriam se retrouve à frapper chez son amie Carmen. D'abord, elle montre une façade stoïque comme à son usage, mais dès qu'elle énonce les faits :
"Mathilde a rencontré quelqu'un d'autre".
Les paupières, remparts supposément insubmersibles, trempent progressivement leur honneur dans une mare d'émotions.
Carmen la prend dans ses bras. Immédiatement, Myriam raisonne en affirmant que cela va passer, qu'elle ne devrait pas être si affectée et si jalouse. Elle pose des questions sur les relations polyamoureuses qu'entretient Carmen, dans le but de comprendre comment gérer la jalousie. Carmen lui explique qu'elle aussi ressent cette émotion, qu'elle est tout à fait naturelle. Selon elle, ce trouble est une invitation à dire à l'autre combien on l'aime.
Myriam ne trouve pas les mots, dans son handicap originel. Le silence est toujours plus fort que montrer sa

vulnérabilité, son attache. La petite voix, en elle, n'a jamais eu la chance dans le voyage de son enfance d'ancrer le sens de sa valeur.

"Il y en a qui naissent avec une étoile et d'autres comme des étoiles tombées par terre, écrasées, pleines de coups, et bien que vous ne vouliez peut-être pas le croire, je fais partie de celles qui sont bien tombées par terre."[3]

Myriam se souvient des ateliers auxquels elle a assisté quelques mois auparavant à propos de l'estime de soi. La fameuse estime de soi décortiquée par une intervenante psychologue, semble vacillante à présent qu'elle se sent repoussée.

Certes, ce sentiment d'être aimable n'a pas réussi à s'imprimer dans sa tendre enfance et par de nombreux efforts, elle tente de recoller les morceaux. Le chemin qui mène à retrouver le sens de

---

[3] Frida Kahlo

son amour-propre, cabossé par l'histoire d'une naissance hasardeuse, est ardu. L'année dernière, la jeune femme a ouvert pour la première fois son dossier d'Aide Sociale à l'enfance, pour tenter d'en savoir plus sur les raisons de son adoption à cinq ans. Le dossier administratif lui a ouvert la voie vers une piste inattendue. Elle a grandi avec la certitude d'avoir été abandonnée à la naissance, en rejetant la faute sur elle-même qui ne méritait sans doute pas l'amour de ses parents. Et soudainement, son regard, à travers les lignes du dossier, s'était renversé. Elle avait enfin compris que sa mère ne l'avait, non pas abandonnée, mais confiée à l'Aide Sociale à l'enfance, faute de pouvoir assumer la charge d'un enfant.

Cet événement avait marqué le début d'une réhabilitation. Et malgré sa méfiance, elle retrouvait dans sa relation avec Mathilde une voie rassurante et confiante, grâce à l'amour qu'elles partageaient. Un pied devant l'autre, elle avait commencé à avancer.

Depuis quelques semaines, elle la gratifiait du soutien apporté et du bonheur qu'elle comblait dans sa vie. Elle lui avait dit ainsi :

" Mon mal-être est une chose que je commence tout juste à comprendre. Tu ne peux pas l'effacer d'un geste de la main pour me rendre heureuse. Je sais que nous vivons des épreuves, mais je ne retiens, de notre relation, que les bienfaits que tu m'apportes au quotidien."

Quel désarroi alors de constater que l'infidélité surgisse à ce moment !

" Je me suis rapprochée de Monique depuis quelques mois, grâce à l'escalade. Et cela s'est concrétisé récemment" avait déclaré Mathilde, le lundi.

En cet instant précis, Myriam comprend qu'elle n'est plus le seul objet d'amour et d'attention de sa part. Il devient la source de réactivation d'une grande blessure. Puis, s'en suit une succession de réactions puériles de sa part, comme si elle puisait dans les réponses d'une toute petite fille, qui voudrait taper du pied, la blâmer, éclater en sanglots inarrêtables, piquer des crises, avoir envie d'être agressive, écraser le château de sable de sa vie, comme si plus rien ne comptait.

L'enfer intérieur commence à prendre une place asphyxiante. La douleur la terrasse à l'idée de la voir dans les bras d'une autre. L'infidélité a mis fin à la certitude qu'elle avait de partager une relation exclusive et sincère. Un problème d'EGO qu'elle ne sait pas maîtriser et dont elle a honte. En se mettant dans la position d'être remplacée par cette autre personne, Myriam se sent annihilée. La quête qu'elle mène dans ses relations amoureuses à être aimée inconditionnellement est une vanité douloureuse. Au contraire, elle la pousse à perdre l'être aimé. L'aiguillon de la jalousie favorise le délire de croire que l'amour est une propriété. En plus des émotions primaires, le jugement et la honte remuent le couteau dans la plaie. Même si elle semblait être sur la voie de panser ses blessures, elle n'a jamais fait de son couple un espace de réparation. Bien sûr que maintenant, elle voudrait déployer à nouveau une assurance, une affirmation valorisante d'elle-même et qui fasse sentir à Mathilde l'émerveillement qu'elle éveille chez elle. Elle aurait tant voulu que sa compagne puisse y croire et y accorder encore un peu d'attention avant la dérive qui leur tend les bras.

Évidemment que l'infidélité est une douleur supplémentaire qui rend le chemin plus pénible encore. Mais comment pourrait-elle exiger que Mathilde cesse de prendre ce qui lui fait du bien.

Quoiqu'il en soit, présentement, elle est juste dans l'incapacité de gérer la souffrance que la jalousie génère en elle. Tant que celle-ci durera, il lui sera impossible de passer à autre chose.

Elle a confiance en cette force de résilience humaine qui anime tous les être humains. Mais dans le futur proche, elle n'est pas capable d'accepter qu'elle continue à voir son amante, sans s'éloigner définitivement de sa conjointe. Leurs échanges dans la cuisine, alors que leurs deux filles dorment, dès la nuit tombée, durent des heures.

"C'est trop dur pour moi à vivre l'infidélité que tu m'avoues !"

"Je te rappelle que tu m'as toujours dit que tu étais ok pour une relation libre.

Et que c'était limite si tu ne poussais pas dans les bras d'une autre."

" Sans doute t'ai-je toujours mise à l'épreuve et pousser à rencontrer quelqu'un d'autre, car j'estime que je suis une mauvaise personne. Etre abandonnée est inéluctable dans le désir inconscient de répétition de ma blessure originelle. Le fait que tu ailles de l'avant pour te détourner de moi, ne fait que confirmer ma plus grande peur. Pourquoi est-ce que tu n'as pas pu attendre la thérapie conjugale que nous allions démarrer ? "

" Il est trop tard. Je ne crois plus en nous, à mes yeux, il est impossible de réparer l'irréparable. J'ai déjà tourné la page. "

" Je t'en prie, je fais nombre de pas pour essayer de remonter la pente. "

" Nous n'avons pas les mêmes aspirations, tu seras plus heureuse sans moi. Toi aussi, tu veux cette séparation. "

" Non, mais attends, sérieux, si j'ai désiré mettre une certaine distance entre nous, c'était surtout pour pouvoir souffler de mon côté et mener à bien mes projets personnels, jamais pour que tu rencontres quelqu'un d'autre et t'installes dans une relation sérieuse."

" Les moments que nous passons, séparées, me font réaliser que seuls les enfants me manquent..."

A ces mots, la colère grandit vivement dans la voix de Myriam.

" C'est fou quand même que tu n'aies pas pu attendre notre thérapie conjugale. Ça devenait intenable pour toi, sans doute. Je ne comprends pas quel besoin a fait qu'à si peu de temps, tu n'as pas voulu persévérer un petit peu plus. Il n'y a pas si longtemps, tu me disais encore que l'idéal, pour toi, était que nous nous retrouvions et vivions notre vie de famille ensemble. Pourtant, il ne faut pas être devin pour comprendre que la

manière que tu as choisi de te détourner
de moi allait m'être très douloureuse. ”
“Tu sais bien que je culpabilise bien
plus qu'il ne faut à ce sujet. Mais ma
relation avec Monique n'a, en rien,
motivé ma décision de rompre avec toi. ”

La nuit, Myriam bout intérieurement. Elle ne supporte pas de subir une nuit supplémentaire en sachant que sa conjointe embrasse quelqu'un d'autre. Elle se recroqueville dans le lit, baigné de larmes. Elle pense inévitablement à la mort. La jalousie qui la ronge fait tomber en un seul coup son masque. Elle sait que les débuts d'une histoire d'amour se parent de joie et d'étincelles. De regards amoureux, de dîners agréables et du lit... Tout cela lui est insupportable.

Elle s'en veut terriblement d'avoir pris de la distance. Mathilde a brûlé toutes les étapes. Certes, Myriam avait tenu ce discours sur le couple libre, mais à aucun moment, elle n'a manifesté son accord pour que cela prenne la forme d'une relation sérieuse qui pousse à la rupture.

Toutes les soirées que Mathilde passe hors de la maison, sont dans les bras de cet autre. Une autre pas si inconnue, puisqu'elle fait partie de leur groupe d'amis. Elle se sent trompée, trahie, meurtrie. Mais qu'attend Mathilde de sa part ?

Myriam, accablée, sait qu'elle ne se remettra pas de cette aventure si facilement. Elle regarde sa moitié ranger ses affaires dans un petit sac à dos vert, en les ordonnant bien comme il faut, avant de s'apprêter à quitter le domicile conjugal pour s'envoyer en l'air.

Ainsi, elle le sait, c'est elle qui perd tout, comme d'habitude. Dans la spirale de la victimisation, elle décide d'arrêter de voir Mathilde un temps, même si l'amour qu'elle a, pour elle, l'occupe assidûment.

Au milieu de la nuit, elle rêve que Mathilde apparaisse pour la prendre, dans ses bras, en lui jurant que tout cela n'était qu'un cauchemar, comme ceux qu'elle a toujours fait auparavant.

L'adultère est une douleur inattendue, car il met fin à la certitude de la fidélité. Mise dans la position d'être remplacée, prête à jeter à la poubelle. Ce n'est pas une légende urbaine que les enfants à l'école se moquent des petits adoptés en leur disant qu'ils ont été trouvés dans une poubelle. Elle l'a entendu. Réminiscence. Elle vit l'infidélité comme une négation de son existence. Le psychisme atteint, l'amour-propre humilié, la confiance en soi abattue, l'image de son corps désastreuse. Cet événement menace tout ce qu'elles ont construit jusqu'à présent, sans compter l'isolement qu'il entraîne pour Myriam. Impossible de rester ensemble pour les enfants, après la trahison. C'est leur faire porter une lourde responsabilité. Elle ne comprend pas. Elle ne comprend pas. Elle ne veut pas, elle refuse. Pourquoi lorsque le couple va mal, est-il inéluctable d'aller se rassurer à l'extérieur ? Pourquoi Mathilde a-t-elle choisi de transgresser l'interdit par le plaisir ? Mais pourquoi a-t-elle franchi la frontière ?

"L'important dans le passage à l'acte est que l'on ne peut pas faire autrement." lit-elle dans les nombreux témoignages trouvés sur Internet.

Elle est écoeurée.

Mathilde a pensé à mille choses, cependant, il lui a semblé urgent en cette minute de respecter ce que lui dictait son coeur. Evidemment, le désir est une flamme qui consume tout sur son passage. Puis, son histoire personnelle a joué un rôle dans l'accomplissement de l'acte.

A aucun moment, elle n'a pensé qu'elle avait raté son histoire d'amour avec Myriam. Elle a juste transformé en action ce qu'elle n'arrivait pas à s'avouer et à verbaliser. Depuis, un moment, elle ne s'y retrouve plus avec elle, et même si elle a tiré le signal d'alarme, les choses se sont empirées.

Bien sûr que la naissance prématurée de leur deuxième enfant les avait détruites. Et les efforts qu'elles ont tentés de faire, chacune, pour rétablir le cap n'ont pas été suffisants. Elle est passée à l'acte comme on lance un ultimatum avant une séparation.

Myriam pense à sa psy. Elle l'avait avertie bien des mois auparavant que Mathilde ne pourrait lâcher prise sur leur deuxième enfant que dans l'unique condition où elle trouvait un réconfort amoureux. Et elle l'a fait avec une autre. Somme toute, l'infidélité s'inscrit dans l'authenticité du désir. Cela se sent : le mouvement vient de soi et on choisit vraiment l'autre. L'attirance comme des aimants. Mais c'est plus que de l'attraction phy-sique. C'est un échange, quelque chose qui vit.

Myriam est désabusée, déçue, dégoûtée, rompue, anéantie. Elle ne tarit pas d'adjectifs pour énumérer son malheur. La pulsion qui a mené Mathilde à réaliser ce qu'elle a fait, ne se résume pas exclusivement à cela.

Ce qui est sûr c'est que le fait de désirer le corps-à-corps fait déjà qu'il aura lieu. Parce que l'urgence de la vie l'impose. Le désir relève de l'éblouissement. À quoi faut-il être infidèle ? À la parole

donnée ou à la vérité de son désir à un
moment donné de son existence ?
Myriam se blottit dans les draps et fait le
constat qu'elle est morte de trouille.

" Si tu veux, j'arrête de voir Monique."

" Pourquoi dis-tu cela ? Ça me tord le coeur. Ça me plie de douleur de savoir que tu songes à poursuivre l'aventure avec elle. Ce n'est pas à moi de décider cela. C'est toi qui choisis comme tu as déjà choisi de lui donner ton amour et de recevoir le sien."

Il faut que je me protège, pense Myriam en discutant avec Mathilde. Il n'est évidemment pas sain que les enfants la voient pleurer le soir au coucher, le matin au réveil. Il faut qu'elle parte. Elle n'arrive plus à déterminer si c'est le froid ou la peur, mais elle tremble presque tout le temps.

Depuis des années, Mathilde et Myriam ne parle pas le même langage de l'amour. Cela les a effleurées une fois ou deux. Mais, jamais elles n'en ont parlé. Elles continuent, sans cesse, à communiquer dans une langue différente.

Mathilde lui réclame indéfiniment des câlins, des caresses. Le contact physique est soit disant le plus simple des langages de l'amour. Rarement, Myriam va la prendre dans ses bras, l'effleurer même de la main dans la rue. Mathilde se sent abandonnée, seule. Elle ne voit d'ailleurs aucun soutien de la part de sa compagne dans la tristesse infinie qui l'habite depuis la naissance de leur seconde fille. Elle la trouve injuste. Le langage de "Je te montre mon amour avec mon corps" est une compétence que sa conjointe n'arrive pas à maîtriser. Pourtant, elle le donne aux enfants. Dès les premiers instants de vie, le contact est le seul langage de l'amour possible, en se passant des mots. Bien heureusement qu'elle leur réserve de cet amour !

De son côté, Myriam valorise le langage du temps de qualité passé ensemble. Pour elle, c'est être ensemble dans un bon moment, qui fait se sentir aimante, aimée. Par exemple, partir en week end à deux, partager un repas, regarder un film, voyager surtout. C'est cela qui la fait se sentir vivante.

Chaque minute qu'elles vont passer ensemble est une attente trépidante. Quand Mathilde part au travail et que Myriam passe à l'improviste juste la voir, la regarder avec ses lunettes sombres et son air sérieux. Myriam passe le plus clair de son temps à l'attendre. Elle l'attend pour manger à tous les repas et elle l'écoute lui raconter chronologiquement chaque instant qui l'a séparée d'elle. Quand elle lui donne à la voix toutes les pensées qui la traversent, toutes les inquiétudes, elle se sent exister. Quand elle lui accorde toute son attention dans l'espace et le temps. L'exclusivité absolue qu'elle lui demande est maladive.

En l'absence de sa conjointe, Myriam passe l'aspirateur, prépare à manger, s'occupe des tâches ménagères, pensant que ces services sont gages d'amour. Tous les "Je le fais, t'inquiètes, pour te rendre service" sont les signaux de l'affection qu'elle lui porte.

En vérité, Mathilde pense que c'est bien pratique mais que ça n'apporte rien en termes d'amour. Si par contre, elle montre qu'elle est déstabilisée jusqu'aux larmes, Myriam lui répond :

"Que puis-je faire pour t'aider ? Veux-tu que j'aille chercher les filles, que je facilite la tâche que tu as à faire ?"

Les sanglots s'intensifient. Mathilde déclare sentencieusement qu'elle n'a jamais aussi peu reçu de soutien que de la part de sa femme. La sidération est la seule réponse que Myriam lui donne. A aucun moment, elle ne songe que cela ne manifeste pas son soutien. Elle ne l'entend pas.

Tout comme elle n'entend pas qu'elle souhaite juste être prise dans les bras.

Incohérence ironique de l'amour !

Si ce n'est des caresses, Mathilde exige au moins quelques attentions, en lui offrant des fleurs, un livre de temps en temps, des compliments, des "Je t'aime" par texto.

Décidément, pile l'autre forme d'amour pour lequel Myriam est avare !

L'usure du temps a fait diminuer la fréquence des mots d'amour par écrit entre elles deux.

Au final, il faut sentir avoir tout perdu pour que Myriam se rende compte qu'elle n'a pas fourni assez d'efforts pour entretenir la flamme qui a toujours brûlé au plus profond d'elle-même.

Evidemment que le contact physique, les mots d'amour et les cadeaux sont des langages qu'elles ont parlé, il fut un temps. Celui-ci semble s'être évanoui, aujourd'hui.

" Je ne te demande pas de m'embrasser.

Ne t'excuse pas quand je pense que tu t'es trompé.
Je ne te demanderai même pas de me prendre dans tes bras quand j'en ai le plus besoin,
Je ne te demande pas de me dire à quel point je suis belle,
Même si c'est un mensonge, ni de m'écrire quoi que ce soit de beau.
Je ne te demanderai même pas de m'appeler
pour me dire comment s'est passée la journée,
Ni de me dire que je te manque.
Je ne te demanderai pas de me remercier
pour tout ce que je fais pour toi,
Ni que tu t'inquiètes pour moi
Quand mes esprits sont à terre,
Et bien sûr, je ne vais pas te demander de me soutenir dans mes décisions.

Je ne te demanderai même pas de m'écouter quand j'ai mille histoires à te raconter.
Je ne te demanderai rien, même pas de rester à mes côtés pour toujours.
Parce que si je dois te demander, je n'en veux plus. "[4]

---

[4] Lettres 1922-1954 de Frida Kahlo à son mari Diego

Chapitre 6 : la relation toxique

Se sentir égale à égale.

C'est ce que Myriam conjure de vouloir.

Où, quand elle rentre alcoolisée,
personne ne la pousse, dans le but de la
faire tomber sur le sol, et ainsi l'écraser.
Elle ne veut pas admirer excessivement
son alter ego, puis se sentir nulle à côté
d'elle. Ni jalouse de sa facilité à vivre.
Elle se considère comme une survivante,
ou bien juste vivante.

Elle souhaiterait ne pas toujours se
sentir coupable. Ne pas faire une cure de
désintox juste parce que Mathilde l'a
commandé. Elle ne veut plus accomplir
tout ce qu'elle suppose attendu d'elle.

Leur relation est devenue toxique.
Chacune développe de son côté de la
colère.

Le seul moyen est de déconstruire la
relation, pour construire à nouveau sur
un pied d'égalité. Elles souffrent, l'une
et l'autre, des émotions négatives qui les
ont occupées jusqu'à présent, les
insécurités, les peurs, d'être abandonnée,
de perdre, de la solitude. Mais elles
étaient là. Il faudrait donc recommencer.
Sur la base de la gentillesse et du bien
qu'elles peuvent s'apporter mutuellement.
En souvenir du concert des Têtes Raides
où elles s'enlaçaient devant la scène.
Elles entremêlaient leurs langues et
glissaient leurs mains sur tout le corps.
En cette époque, le feu de la passion
brûlait, haut et fort.

"Auxochrome - chromophore[5]
De longues années de soif rete-
Nues dans notre corps. Des mots
Enchaînés que seules les lèvres du rêve
Ont réussi à prononcer.
Tout était entouré par le miracle
Végétal du paysage de ton corps.
A mon contact, ta forme"

---

[5] Le journal de Frida Kahlo, éditions du Chêne

Myriam n'arrive pas à tourner la page. La violence de Mathilde, à son égard, à cause de l'alcool, la blesse. Et les reproches pathologisants quand elle ne veut pas partager des moments intimes. Mathilde sent son désir malmené alors qu'elles sont ensemble. Depuis, la vague de #MeToo, Myriam éprouve une grande difficulté à avoir une sexualité normale. Elle se sent coupable quand sa compagne lui déclame qu'elle est attirée par elle. Face à son envie, elle ne répond pas aux attentes. Le poids à porter, le fait qu'elle ne peut pas être dans une relation amoureuse sans sexe. Myriam se croit la cause de son malheur puisqu'elle se refuse à ses avances. Elle ne sait pas, en vérité, si elle est malade, coupable, anormale, tordue, mais elle préfère rester dans le silence et l'abstinence.

Elle a peur de l'abandon.
Quand elle la prend dans ses bras, elle
tétanise.
Elle imagine que ça doit être dur de
vivre avec quelqu'un comme elle,
victime de violences multiples, torturée,
peut-être, dissociée. Mais elle ne veut
plus entendre le malheur de la
frustration résonner face au sien.
Elle craint même de lui parler de ses
blocages.

Mathilde s'exclame qu'elle en a marre
de parler de violences sexistes
dès le petit déjeuner.
Elle le lui dit :
Elle a le droit
d'être avec quelqu'un
d'heureux-se.

Désir

Humiliée
Usée
Par les viols
Les crimes
Qui ont parcouru
Mon corps

Dois-je crier
Arrêtez de me toucher
De me regarder
De m'asservir
Je ne sais plus quoi faire
Juste envie de me flinguer

Je ne supporte plus
Les violences
Infligées
Aux autres
Ni les autres qui n'en ont
Subie aucune

Un jour, Mathilde rentre à la maison.
Elle énonce des mots très forts, suite à
un rendez-vous qu'elle a eu avec le
service de médiation des couples en
rupture.

Elle expose l'histoire d'une dame qui
racontait que son mari violent et
alcoolique la maltraitait lors de sa
grossesse. Cette histoire résonne avec la
sienne et avec sa grossesse qu'elle
considère comme ratée. Notamment à
travers la remarque de la médiatrice,
disant que le fameux mari avait volé un
moment de béatitude et de cocooning à
sa femme.

Myriam est saisie de consternation à
entendre cela.

" Son mari ne lui a pas volé un moment
de béatitude " songe-t-elle. D'ailleurs
enceinte ou non, il a porté atteinte à son
intégrité physique et sa dignité. Dire
cela permet d'éviter un jugement de
valeur sur la souffrance d'une femme

victime de violences qu'elle soit enceinte ou non.

Par ailleurs, Myriam n'a jamais porté atteinte à l'intégrité physique de quiconque. La comparaison semble un peu maladroite quand on sait que, pour sa part, elle a vécu nombre de violences en tant que victime.

La grossesse ne lui semble pas être un moment de béatitude comme le généralisent cette dame et toute une société qui idéalise cette période. Elle peut être nauséeuse et déconvenante. Béatitude quelle exagération !

« Pour créer son propre paradis, il faut puiser dans son enfer personnel. » [6] Myriam pensait être enfermée dans sa condition de femme au foyer et en réalité, elle s'est enfermée dans une relation de couple toxique.

La soumission à l'addiction et à la dépendance affective, l'empêche littéralement de prendre une décision. Sa conjointe prend toutes les décisions importantes. Leur première maison. Les enfants. Le mode de vie. Le déménagement subit. L'appartement. Des fois, elle s'endort en ayant bu et ayant peur d'être réveillée avec des claques de rage. Tant les secousses qu'elle lui a infligées l'ont profondément marquée.

Un soir, comme d'autres, la jeune femme rentre d'une représentation de spectacle. Il est une heure du matin. Elle s'arrête comme toujours au bar pour assouvir son vice et fêter la réussite de

---

[6] Frida Kahlo

cette présentation publique. En passant la porte de sa maison, l'estomac se noue. Elle sait que sa compagne lui tombera dessus. Comme d'habitude. Malgré le silence tonitruant, Mathilde descend de la chambre aussi vite qu'elle entend ses pas dans le couloir.

Elle lui crie dessus, en proférant que c'est du non-respect de la laisser seule avec les enfants pour aller boire. Elle est très en colère. En la voyant tituber, elle la traite de déchet. Puis, la rage explosant face à son regard baissé et son mutisme, elle attrape ses vêtements, elle la secoue et la jette au sol.

Elle hurle :

" Te rends-tu compte de ce que tu fais ? "

Myriam monte dans la salle de bain. Elle prend un rasoir et s'incise la peau de l'avant-bras pour incarner la douleur incommensurable qu'elle ressent. Les larmes se mélangent au sang sur un mouchoir. Elle ne peut plus les faire cesser.

Avec elle, elle connaît une certaine violence, supposément, méritée. Mais le cercle vicieux de la culpabilisation, Myriam l'invente sans l'aide de personne.

Devant elle, elle ne se sent pas à la hauteur. Elle ne réussit pas à s'occuper de leur deuxième enfant, car seule Mathilde est légitime à pouvoir le faire. Le bébé passe la première nuit, séparée de sa maman, avec sa grand-mère. Mathilde n'a confiance qu'en sa mère tandis que Myriam lui propose, maintes fois, de s'en charger pour qu'elle puisse se reposer.

Mathilde estime que sa femme va mal, qu'elle est dépressive.

C'est ainsi que Myriam se rend au centre psychothérapeutique, pour trouver un remède. La personne soignante qu'elle rencontre, lui annonce clairement qu'elle n'est pas dépressive. Malgré cela, Mathilde s'afflige :

" Je mérite d'être avec quelqu'un d'heureux."

Leur deuxième fille a un an. Mathilde cesse son congé parental. Elle passe beaucoup de temps au travail. Elle s'épanouit dans son travail et elle est promue. Depuis quelques mois, elle rentre de moins en moins les midis. Elle retrouve sa famille, de plus en plus tard, le soir.

En parallèle, Myriam démarre une cure en hospitalisation de jour. Celle-ci lui permet de comprendre la maladie de l'alcoolo-dépendance et d'éradiquer la présence de ce produit dans sa vie de famille. Jamais une goutte d'alcool ne pénètre à nouveau dans son gosier à la maison.

Très rapidement, elle cherche à avoir des moments d'activité de loisir, pour elle, en dehors de la maison, où elle ressent, sans comprendre, un sentiment d'enfermement.

Myriam propose de prendre chacune leur tour, des nuits, hors de la maison, en vue de se reposer. Mathilde saute sur l'occasion pour voir des amis, recommencer une vie sociale réjouissante. La première développe une certaine jalousie à constater la facilité avec laquelle la deuxième se détourne d'elle.

Et pourtant, Myriam est loin de se douter. Seule, devant son ordinateur, elle recommence à écrire. Elle passe ses nuits à cela. Ecrire.

Lors du réveillon de la Saint-Sylvestre, Mathilde place un rendez-vous de travail le soir. Elles dînent toutes les quatre rapidement. Puis Myriam reste seule avec les filles à la maison comme c'est souvent le cas depuis quelques mois. Mathilde va à son reportage. En fait, elle va rejoindre son amante. Elle ne rentre que tard dans la nuit.

Le lendemain matin, ne se doutant aucunement de ce qu'il se trame, Myriam la félicite d'avoir su prendre un moment sympa avec ses copains pour

fêter le réveillon. Elle pense à son
bonheur.

Chapitre 7 : La rupture

Le choc arrive suite à l'annonce qu'elle lui fait le lundi de la rentrée. Mathilde déclare qu'elle se rapproche de Monique et qu'elle souhaite savoir si cela pose problème, car le soir même, elle veut aller dormir chez elle.

"Non, je suis presque soulagée" assure Myriam.

Mardi, le contrecoup survient. Il est violent, intense, il renverse tout sur son passage. La jalousie aveuglante occupe tout l'espace, elle ne voit plus rien d'autre que cela. Mercredi, elle lui en parle. Elle a peur qu'elle parte avec Monique et les enfants. Elle lui dit qu'elle est jalouse d'elle. Elle veut s'octroyer des moments libres, mais peut être pas autant. Vouloir son bonheur ok, mais la jalousie la submerge.

Mathilde part une autre nuit chez son amante sans tenir compte de ses questionnements.

Une grosse crise de l'estime s'en suit.
Myriam entrevoit clairement la nullité
qu'elle incarne. Elle passe la nuit à
pleurer, elle s'éloigne de Mathilde en
allant dormir sur le canapé. Le
lendemain matin, elle continue à pleurer,
elle est meurtrie. Elle pense à la mort, au
suicide, elle se sent abandonnée. Elle lui
en fait part. Malgré tout, elle retourne
chez Monique. Encore une nuit terrible
où les sanglots ne cessent de la secouer.
En fin de semaine, Myriam déclare à sa
belle-mère que sa fille a rencontré
quelqu'un d'autre et que c'est normal,
puisqu'elle sait qu'elle lui a causé
beaucoup de souffrances.

Puis, une lueur de lucidité lui ordonne qu'il faut se préserver. Plutôt que de se noyer dans l'alcool, elle va chez ses parents pour le week-end. Elle part, un vendredi après midi. Dévastée de tristesse. Elle en parle avec ceux à qui elle n'aurait pas songé se confier sur le sujet : ses parents. Et ensemble, ils ne cessent d'en parler à coeur ouvert. Jusqu'au moment où son père la désapprouve ouvertement :

" Pourquoi cherches-tu à lui donner toutes les excuses pour son infidélité ? Pourquoi est-ce que tu agis comme une petite fille ? Il faut que tu relèves la tête, tu n'as rien à te reprocher, c'est elle qui a choisi de commencer cette relation, c'est elle qui a choisi de te faire du mal en pensant exclusivement à son plaisir personnel. Maintenant, il faut que tu lui répondes en tant qu'adulte responsable et indépendante."

La petite Myriam, dépendante affective et addicte à l'alcool, vient de mourir avec cette prise de conscience.

Trahie. Humiliée. Réduite à néant. Beaucoup de culpabilité, Myriam est dévalorisée. Cela fait longtemps qu'elle ne soupçonne plus l'ombre d'elle-même.. Elle n'arrive même plus à déterminer ce dont elle a envie quand elle est accompagnée. L'infidélité finit d'annihiler son existence. La séparation pourrait être le moment de la renaissance. S'il n'y avait cet amour incommensurable qu'elle a toujours à son égard.

Tu mérites un amour
Tu mérites un amour décoiffant, qui te
pousse à te lever rapidement le matin, et
qui éloigne tous ces démons qui ne te
laissent pas dormir.

Tu mérites un amour qui te fasse te
sentir en sécurité, capable de décrocher
la lune lorsqu'il marche à tes côtés, qui
pense que tes bras sont parfaits pour sa
peau.

Tu mérites un amour qui veuille danser
avec toi, qui trouve le paradis chaque
fois qu'il regarde dans tes yeux, qui ne
s'ennuie jamais de lire tes expressions.

Tu mérites un amour qui t'écoute quand
tu chantes, qui te soutiens lorsque tu es
ridicule, qui respecte ta liberté, qui
t'accompagne dans ton vol, qui n'a pas
peur de tomber.

Tu mérites un amour qui balayerait les
mensonges et t'apporterait le rêve, le
café et la poésie[7]

---

[7] Frida Kahlo

Dans le lit, elle la serre dans ses bras, en sanglots, lui affirmant qu'elle ne veut pas la perdre.

Si seulement elle lui disait :
" J'ai commis une erreur avec cette infidélité. C'était un ultimatum pour te faire prendre conscience que j'ai besoin de tendresse, mais c'est toi la personne avec qui j'ai envie d'être, de vivre, de partager mes jours. Il n'y a que toi qui comptes et je veux me battre pour faire valoir le trésor que tu es à mes yeux."

Au lieu de cela, ce fut :
" C'est peut-être une erreur l'infidélité dans le sens où ça te fait du mal, mais tu m'as poussée dans les bras d'une autre et j'en avais vraiment besoin. Je te rappelle que ça allait mal. Notre relation est impossible à mes yeux. Je ne peux plus te servir de bouée et m'oublier."

L'injonction de notre société à trouver son bonheur facilite les ruptures amoureuses. Et Myriam, l'éternelle désillusionnée de l'amour, se retrouve envahie de sentiments insoupçonnés. Elle a l'impression de vivre une petite mort auprès de la femme qu'elle a toujours aimée. Elle a peur de réorganiser son existence, peur de l'inconnu. Face à une porte qui donne sur le vide, le désert. Elle a le vertige.

Les larmes ravalées coulent
A torrent dans la gorge asséchée par le
sel
Tout en moi se liquéfie
Quelle difficulté de les empêcher
De traverser la frontière des paupières.

Sèche tes larmes !

Les larmes sont sèches
Je ruisselle intérieurement
Reste de marbre extérieurement

Le désert qui stagne depuis des
millénaires
Dans mes artères, contient en secret
Mes tristesses cachées
Aride d'émotions
Passions tues dans une chaleur
accablante

Un an terrible après la naissance de leur deuxième fille. Bien sûr que ça prend du temps de remonter la pente. Leurs comportements mutuels ont été source de souffrances.

Mathilde souffre terriblement à l'idée de ne pas voir les enfants une semaine sur deux. Myriam ne comprend donc pas pourquoi elle n'a pas voulu essayer de recoller les morceaux.

Toutefois, l'amour est mort.

Aux yeux de Mathilde, leur couple allait mal parce que Myriam allait mal. Parfois, les idées noires envahissent l'esprit comme les ténèbres au coeur de la nuit. Il est possible de jouir plus encore de la lumière éclatante quand nous avons touché au plus profond de l'obscurité. Nul ne peut prétendre effacer la tristesse de celui-celle qu'il ou elle aime par amour.

L'amour véritable n'est pas, à tout prix, vouloir le bonheur de sa moitié.

Toutefois, il existe des personnes qui ne

peuvent pas être heureuses quand un de leur proche passe une période sombre. Mathilde souffre depuis longtemps de ne pouvoir sauver sa chérie. Pourtant, elle souffre, plus encore, d'être sa bouée. Elle lui dit :

" A force de t'accrocher à moi, tu vas me faire couler ! "

Myriam n'exige jamais que quiconque
efface sa tristesse. Cette attitude
alimente beaucoup son questionnement
sur la légitimité à être triste. Ses
émotions négatives sont là : tristesse,
colère, peur, et elles ont le droit de
s'exprimer. Ces émotions sont néfastes
aux yeux du monde entier. A ceux de
Myriam, elles alimentent des pages
blanches, elles teintent de mots noirs le
silence. Ces émotions épuisent leur soif
dans l'alcool, en même temps qu'elles
boivent dans l'encre des pensées.

Malgré tout, Mathilde la quitte parce qu'elle la trouve malheureuse. Et Myriam ne cesse de lui dire qu'elle n'a jamais été aussi heureuse que depuis qu'elle est avec elle. C'est Mathilde qui est malheureuse avec Myriam.

Dans la dynamique du miroir, Mathilde voit chez sa conjointe quelque chose à traiter, à soigner, à changer, qu'elle ne peut faire changer… Chez elle-même. Ce schéma est récurrent dans les couples où il y a une personne dépendante et une autre co-dépendante.

" Moi, je tente désespérément de traiter une dépendance équivalente à un alcoolisme, plus subtil chez moi, celui de me dévouer, de faire pour l'autre, pour ne pas penser à moi. " Confesse Mathilde à son journal intime.

C'est ainsi que les violences apparaissent occasionnellement dans leur couple. Elles sont liées aux attentes déçues, elles se déposent avec un aveuglement inouï sur les personnes les plus chères, qui sont insuffisantes, insatisfaisantes, frustrantes.

Mathilde indique :

"La plus grande douleur est d'avoir compris que tu ne m'aimais plus."

La violence surgit aussi quand une personne sent son propre amour menacé ou maltraité par celle qu'elle aime.

Puis, elle ajoute :

" Je ne supporte pas la façon dont tu reçois ce que je tente de te donner. J'ai le sentiment que tout ce qui vient de moi n'est pas bon pour toi…"

Tout allait mal entre elles deux, avant son infidélité. Chacune le sait. Nonobstant, elles essaient de mettre tout en marche pour le supérer. Et ce, dans l'intérêt des enfants. Mathilde porte lourdement le poids de Myriam, pensant qu'elle devait la sauver, de ses traumas, de son alcoolisme.

De son côté, Myriam fait des efforts, thérapies, alcool, mea culpa. Certainement pas assez d'efforts. Le peu de reconnaissance qu'elle octroie à sa compagne sur la douleur qu'elle a pu subir, constitue un obstacle majeur à leur réconciliation. La codépendance est une douleur trop injustement reconnue. Le poison de l'addiction creuse le fossé qui les éloigne. Mais, pas depuis toujours. Quand elles se sont rencontrées, il les a rapprochées. Au fil du temps, ce comportement autodestructeur que Myriam instaure, attire la compassion. Il lui apporte la sécurité de bénéficier des soins et de l'attention d'une personne aimée.

Sécurité affective.

Un jour, sans l'analyser, Mathilde a vu ses réactions passées de secours à répulsion.

La maladie de l'alcoolodépendance est une addiction particulièrement dangereuse et vicieuse. Embourbée dans le supplice, la raison est impossible à construire.

Ce que Myriam sait sans trouver de mots, c'est que sa consommation a quelque chose à voir, aussi, avec l'amour inconditionnel qu'elle demande.

Depuis quelques mois, un déclic chez Mathilde change le mécanisme. Elle tourne la page, comme si elle avait usé toutes les possibilités d'aimer, créant ainsi la certitude qu'il ne pourrait y avoir aucune possibilité de reconstruire le couple.

Elle se tourne vers d'autres horizons pour profiter de la vie de son côté puisqu'elle en est capable et qu'elle en a le droit. Évidemment, n'en sont capables que les personnes qui ne sentent plus coupables. Elle cesse de se sentir coupable de ne pas venir en aide. Et c'est aussi comme cela qu'elle sauve sa compagne sans le savoir.

Depuis qu'elle a annoncé qu'elle veut se séparer, l'alcool disparaît de la vie de Myriam. L'abstinence heureuse.

Chapitre 8 : la dépendance affective

Sans conteste, Myriam regrette le passé.
Mais elle ne peut pas le changer. Sortir
grandie d'une histoire d'amour est déjà
un exploit à ne pas déplorer.

A l'heure actuelle, la séparation lui
demande de sortir d'une autre
dépendance qui lui ronge le coeur : la
dépendance affective. En quête de la
solitude heureuse.

Addicte à l'amour. Myriam a longtemps ignoré son incapacité psychologique à vivre par et pour elle-même.

L'effacement devant sa conjointe est pathologique. Huit ans de vie commune l'a fait sombrer dans la passivité. Dotée d'un manque de confiance en elle, particulier, elle accompagne ce problème de la recherche permanente de l'approbation d'autrui. Sa conjointe trône sur un piédestal. L'unique phobie qui hante sa vie est l'abandon. Elle a toujours cru qu'elle serait aimée si elle accédait aux rêves de celui-celle qui l'aime. Sa demande insatiable de reconnaissance et d'affection, origine d'une jalousie sans fin, est un puits sans fond. Elle commence une thérapie où la psychologue lui demande ce qu'elle veut.

Il lui est impossible de répondre à la question. Elle ignore totalement ce dont elle a besoin, elle n''arrive même pas à mettre un mot sur ses désirs.

Quels que sont les efforts infinis qu'accomplit Mathilde, sa conjointe n'est jamais satisfaite. Son absence, lorsqu'elle travaille, devient une attente longue et épuisante chaque jour qui passe. La jalousie dévore Myriam à l'idée que sa compagne passe de bons moments sans elle. L'admiration autant que l'envie, empoisonne son entendement. Le succès qu'elle rencontre au travail, dans ses relations amicales, familiales, partout, devient source d'angoisse. Les reproches de Myriam, injustes, tourmentent Mathilde. Un long chemin de purgatoire la fait fuir au cours de ces huit années.

L'isolement grandit dans la vie de Myriam. Ses relations sociales appauvries.
Prête à tout, pour ne pas la perdre, pour ne pas se sentir abandonnée, elle accepte des choses qu'elle ne souhaite pas, elle endure des situations dramatiques pour ne pas mettre fin à la relation, même toxique. Et maintenant, elle n'ose même

imaginer comment pourrait-elle ravaler son estime pour continuer ? Comment pourrait-elle accepter que Mathilde voie son amante tout en continuant avec elle ?

Quoiqu'il en soit, Mathilde répète qu'elle ne veut plus continuer la route avec elle. Elle lui confesse qu'elle s'en veut terriblement d'en être arrivée à des postures violentes. Et Myriam lui répond qu'elle lui pardonne. Que cela ne l'a pas autant blessée. Elle va même jusqu'à lui avouer qu'elle a comblé en creux une de ses soifs morbides.

En vérité, elle se pose la question :

"Mais pourquoi suis-je restée après ces humiliations physiques ? Après même son infidélité ? Pourquoi est-ce aussi facile pour moi d'accepter ces souffrances ? Pourquoi même dans la rupture, je persévère à croire que je le mérite ? "

Plaire est son objectif dans la vie. Dans le déni d'elle-même. Elle a grandi dans une famille adoptive, où on lui a clairement fait comprendre que :
" C'était une chance pour elle d'être arrivée chez eux. "

Le vide affectif l'occupe à en déborder. Personne d'autre qu'elle-même ne réussira jamais à le combler. Besoin viscéral d'être aimé au point de se détruire.

"La lenteur de la rupture est une forme de torture." [8]

L'affliction occupe tout l'espace de ses pensées, de son temps, passé sur le canapé. Elle est arrivée dans sa vie sans crier gare. Tout son imaginaire secret s'écroule avec l'image d'elle au passé.

La peine la plus difficile est la désertion de l'amour. La prise de conscience qu'il n'y a pas de retour en arrière. Elle est déjà partie ailleurs. Un fil invisible lui serre la gorge.

La veille encore, leurs éclats de rire se faisaient écho, leurs regards s'entrecroisaient, sans cesse accrochés l'un à l'autre, ce jour ressemblait à toujours. Dans un amour véritable, disponible, présent.

Aujourd'hui, c'est la catastrophe. Tremblement de vie irréversible.

_____

[8] Claire Marin, dans Libération, le 10 avril 2019

"Je te quitte".

Myriam sait qu'elle peut user de ses travers habituels : se transformer en victime blessée à mort, elle peut l'accuser, la juger, se juger, l'accabler, s'accabler, la blâmer, se blâmer. Elle peut lui réitérer toutes les rancoeurs du vécu.

Elle peut fuir comme un animal blessé, se réfugier dans une tanière sombre et se perdre en solitude. Le chemin qui y descend est facile à emprunter.

Aussi bien, elle pourrait se responsabiliser, en respectant ce qui est bon pour elle et pour Mathilde. Renoncer à leur relation amoureuse pour la transformer en un souvenir agréable, puis construire une amitié durable. Pour le moment, le tiraillement entre toutes ces options avale toute son énergie. Son coeur bat, à cent à l'heure, alors que, son corps est prostré depuis deux jours entiers.

Les hauts, les bas ressemblent étrangement à des montagnes russes, sans mouvement. Elle a beau essayer de brûler les étapes et d'aller de l'avant, elle a trop besoin de dramatique pour le moment. Elle a besoin de laisser place et durée, à cette souffrance, qu'est la fin de leur histoire d'amour. Elle écoute inlassablement des chansons d'amour nostalgiques. Elle l'aime et elle persiste à résister à ses aveux. Elle refuse de croire que Mathilde ne l'aime plus. Elle voudrait tout faire pour avoir encore un peu de ce goût passé.

¿Qué te importa que te ame
Si tú no me quieres ya?
El amor que ya ha pasado
no se debe recordar

Fui la ilusión de tu vida
Un día lejano ya
Hoy represento el pasado
No me puedo conformar
Hoy represento el pasado
No me puedo conformar

Si las cosas que uno quiere
Se pudieran alcanzar
Tú me quisieras lo mismo
Que veinte años atrás
Con qué tristeza miramos
Un amor que se nos va
Es un pedazo del alma
Que se arranca sin piedad
Es un pedazo del alma
Que se arranca sin piedad[9]

---

[9] Buena vista social club

Elle ne veut pas être dans le déni de la douleur que provoque une rupture. Elle laisse momentanément toute la place au cataclysme intérieur. C'est un être rompu.

Chapitre 9 : le deuil

La sieste est avortée par cette sensation terrible de tomber. Son corps, au bord du précipice, plonge dans le vide. Cet instant, où on va s'endormir, est rompu par le spasme de la peur. Atermoiement léthargique, d'une rupture en cours. Echo de la vacuité de ses jours. La séparation dure, torture, l'entendement retourne le couteau dans la blessure. Meurtrie, elle alterne entre épouser l'horizon, à l'abandon, ou se relever comme un piquet pour affronter. Son regard croise le sien. Elle fuit.

La vibration de sa présence attise les braises de son amour. Un sac dérisoire est rempli à la va vite pour partir. Un sac de couchage, pendu par son filet, se balance sur son dos. Les enfants refusent de la voir s'absenter. Une nuit encore, où maman sera loin. Sa fille lui dit qu'elle veut venir avec elle. C'est une douleur fulgurante et inattendue que celle de l'éconduire. Encore un jour qui brille après la mort de l'amour.

Elle lui crie qu'elle veut essayer à nouveau, la reconquérir. Sa moitié acquiesce timidement sans y croire. Elle a déjà tourné la page. Myriam s'accroche. Elle lui présente un schéma, espérant intimement qu'elle choisisse la route de la réparation de leur relation. Elle préfère la voie du milieu. Celle de la séparation tranquille. Mais Myriam ne peut pas supporter qu'elle croit possible avec une autre, ce qui est impossible entre elles deux. Elle rage. Elle a peur de Myriam, de ses déroutes passées. Elle sait qu'elle veut autre chose. Cela pourrait être beaucoup plus facile si elle la laissait partir, sans se tourmenter. En acceptant son désir d'ailleurs. Mais elle ne peut pas la laisser jouir, sur tous les plans, et s'oublier encore longtemps. Bloquée au point de non-retour.

La rupture tranquille, c'est pour les sages qui ne ressentent pas la passion. Consumée par ses émotions, elle ne peut se résigner à la placidité. Quitte à être brûlée, elle préfère incendier toute sa rancoeur, sa triste fureur. Elle n'est pas prête à réduire cet événement comme une simple bifurcation dans le parcours de sa vie.

« Je résisterai […] à la tentation de l'optimisme. (...) la rupture n'est parfois qu'un gâchis, un manque de courage, une pure lâcheté, un renoncement »[10]

Lire ces quelques lignes, lui rappellent, au moins, qu'elle n'est pas seule à le penser.

---

[10] Claire Marin, Rupture(s), Editions de l'Observatoire

Y aunque tú
Me has echado en el abandono
Y aunque ya
han muerto todas mis ilusiones

En vez
De maldecirte con justo encono
En mis sueños te colmo
Y en mis sueños te colmo de bendiciones

Sufro la inmensa pena de tu extravio
Siento el dolor profundo de tu partida
Y lloro, sin que tú sepas que el llanto
mío

Tiene lágrimas negras
Tiene lágrimas negras como mi vida

Tú me quieres dejar
yo no quiero sufrir
contigo me voy mi santa
aunque me cueste morir.

Une douleur permanente, au ventre, l'a occupée pendant deux semaines, sans comprendre pourquoi. La gorge nouée et la nausée au bord des lèvres. Somatisation du corps qui n'arrive pas à digérer la nouvelle. Faire le deuil de quelqu'un qui ne meurt pas est inconcevable, même dans la langue. Elle s'est juste détournée d'elle jusqu'à devenir méconnaissable.

Une injonction survient subitement : s'éloigner. Tous ces petits indices de l'amour passé se moquent ouvertement de sa peine. Chaque petit soupir tant chéri est un déchirement.

Elle a choisi de rompre, pour ne plus étouffer, se sentir vivante avec quelqu'un d'autre, pour être libre. Leurs peaux se sont si étroitement mêlées qu'elle n'en voyait plus le début ou la fin. Mais Mathilde, elle sait parfaitement et froidement où pourra-t-elle être vraiment elle-même, entière et juste. Myriam devrait lui faire confiance encore une fois pour arriver au même dénouement que le sien. La séparation a deux faces : l'illusion et le salut. La brisure originelle refait surface dans la mémoire. Et elle se joue sur l'heure, avec leur deuxième enfant. Il lui est difficile de lui mentir en lui affirmant que la séparation est un bonheur. Peut-être sera-ce le cas dans le temps. Néanmoins, la rupture est inévitable.

A présent, il faut qu'elle se concentre sur la place exceptionnelle qu'elle aura eue dans sa vie. Elle est et restera la mère de ses enfants. Toujours. Elles seront toujours en lien.

Quelle difficulté de tourner la page ! Myriam refuse encore de l'accepter jusqu'au bout. Jusqu'à maintenant... Peut-être encore demain. Quoiqu'il en soit, elle ne va pas commettre les mêmes erreurs que dans le passé. Cette fois, elle va s'accorder un temps de convalescence et vivre ouvertement la douleur. Elle ne va pas repousser les pleurs. Un mois avant, un sanglot inattendu l'a secouée alors qu'elle pensait à sa famille d'accueil. Elle a pleuré de longues heures, en comprenant qu'elle pleurait enfin la séparation qu'elle avait vécue avec eux, il y a trente ans.

La rupture, un saut répétitif dans l'existence. Ce qu'elle vit aujourd'hui réveille les défis d'antan. C'est un peu comme devoir accepter que sa mère ait baissé les bras au bout de quatre ans de situation de détresse. Malgré son désir, elle a dû se résigner à l'abandonner. A cette époque, Myriam a grandi en se demandant si elle préférait mourir plutôt que de vivre cet abandon. Trente quatre ans après, est venue la gratitude. Celle de l'avoir portée si longtemps dans l'adversité et la solitude. Celle de lui avoir offert la vie, la lumière, les sens, les émotions, et surtout son amour. L'amour qu'elle a mis dans son nom : Myriam, aimée. Grandir, exister, fleurir et prospérer. La raison lui dit qu'elle l'a aimé, le plus qu'elle ait pu le faire. Et qu'il faut qu'elle garde en tête qu'elle possédera toujours une place dans sa mémoire.

Un flou occupe sans cesse ses yeux, bordés de larmes, ces yeux qui ne veulent jamais les laisser tomber.

Se réconcilier avec elle-même, accéder à une nouvelle naissance, implique de comprendre ses blessures. La séparation est une violence inouïe quand on la subit. L'acceptation peut survenir grâce à une démarche symbolique : celle de remettre un objet qui incarnera la violence subie de la perte, de l'éloignement. C'est pourquoi il lui est nécessaire de composer ce récit.

Chapitre 10 : l'amour passé

" En amour, il ne faut pas lâcher le fil de la merveille pour sortir apaiser de la relation. "[11]

Son regard bleu et son sourire rayonnant.

Il y a ce bout de papier qui démarre la genèse de leur famille. Cinq lettres et dix chiffres inscrits. Ce morceau de feuille traîne dans la poche arrière de son jean toute la nuit. La nuit est longue. Cet échange de numéro s'accompagne aussitôt d'un abandon. Mathilde sort du bar où elles viennent de se rencontrer en lui laissant cette note et Myriam se retrouve seule.

Quelques jours plus tard, comme les conventions le précisent, Myriam la rappelle sur son portable. La voix qui répond est la bonne. Mais elle ne sait pas encore. Cette voix grave va l'emporter d'abord sur les vieilles

---

[11] Florentine d'Aulnois Wang

roulettes de ses rollerblades, avant de nombreuses autres aventures. Vacillante au début de cette histoire, elle hésite entre se laisser tomber ou continuer la course. Myriam continue jusqu'au bout le marathon Roller et tombe amoureuse à l'arrivée.

Le tourbillonnement des voyages les emporte au bout du monde. Chaque minute de libre est occupée à rêver d'un ailleurs commun. Une semaine à Prague dans la chaleur de leurs désirs, un week-end à Amsterdam rompu d'éclats de rire, un jour sur les falaises d'Edimbourg, une seconde sur la branche d'un arbre du parc Güell et une première demande en mariage devant le bijoutier du Ponte Vecchio à Florence. Cette fausse demande en mariage n'aurait jamais cru être, un jour accomplie. Mais un jour d'hiver, cinq ans plus tard, leurs cœurs se serrent au moment de dire oui devant Monsieur le Maire.

Un post-it jaune traîne depuis de longues années dans le portefeuille de Mathilde avec cette inscription :

" Ma TiéMoi, toute à moi. " Signé Myriam.

La complicité, l'exclusivité, l'impatience de se retrouver chaque jour, aller au restaurant, dévorer des sushis, commander les mêmes plats, puisque les mêmes goûts les maintiennent, collées l'une à l'autre. Et puis, boire. Flots de paroles intarissables de leurs secrets, de leurs blessures, de leurs amours passés. Confidences nocturnes sans cesse répétées. Admiration grandissante et étincelles dans les regards. Relation fusionnelle naissante.

Un jour, Mathilde l'entraîne sur un échafaudage périlleux. Rue Gambetta, dans le vingtième. Arrondissement où Myriam est née. Elle croit qu'elle va y mourir. Un étage, elle la suit. L'assurance que Mathilde montre, se moque de son vertige. Deuxième, troisième, quatrième. Confiance aveugle dans les empreintes de ses pas devant elle. Un baiser échangé avant de se faire surprendre par une fenêtre allumée. Vite, il faut redescendre. Tremblement dans les mains. Moiteur glissante sur les barres en fer de cet édifice vacillant. Mal au coeur. Grand frisson quand il faut regarder en bas.

Un autre jour, Myriam traverse le passage clouté dans une rue de Paris encombrée, elle croyait Mathilde à ses côtés, mais elle était restée sagement sur le trottoir, de peur de se faire écraser. Elles ont échangé un regard, long persistant. Elle, d'un côté et Myriam, de l'autre. Myriam attendait qu'elle vienne et Mathilde avait peur de traverser.

Je t'aime, je te suis.
Je te fais confiance,

mais je t'en veux
de me mener
au péril de ma vie.

Enfin, je te rejoins,
dans les bras,
les deux pieds sur terre.

Elles passent leur temps à s'attendre, se chercher, se retrouver, à coeur ouvert. En haut, de l'autre côté, à travers le monde. Jusqu'à aujourd'hui. Et peut-être encore indéfiniment.